L'AMOUR

ENJOUÉ,

BALLET EN UN ACTE.

B

Les Paroles font de M. * * *.

La Mufique de M. DAUVERGNE, Surintendant de la Mufique du Roi.

Les Ballets font de la compofition de MM. LAVAL, Pere & Fils, Compofiteurs des Ballets de Sa Majefté.

ACTEURS CHANTANTS.

BACCHUS,   Le Sieur Legros.

HÉGÉMONE, *Prêtreſſe*
 de l'Amour,   La Dlle. Larrivée.

SILENE,   Le Sieur Larrivée.

SATIRES, INDIENS, ÉGIPANS, BACCHANTES,
 PEUPLES *de Tempé.*

PERSONNAGES DANSANTS.

FAUNES & DRIADES.

Le Sieur Campioni.   La Demoiselle Guimard.

Le Sieur Leger.

Les Demoiselles Petitot , Gaudot.

Les Sieurs Hiacinte , Riviere , Trupti , Rogier.

Les Demoiselles Demiré , Clairval , Adélaïde ,
Lacroix.

PASTRES.

Le Sieur Dauberval ,   La Demoiselle Allard.

Les Sieurs Beat , Cezeron.

Les Demoiselles Villette , Lahaye.

L'AMOUR ENJOUÉ,

BALLET EN UN ACTE.

Le Théâtre repréfente un Bocage agréable
de la Vallée de Tempé.

SCENE PREMIERE.

BACCHUS & fa fuite, SILENE.

BACCHUS.

 E Tempé calmés les allarmes;
Peuples qui me fuivés, fecondés
mes defirs.
Sous ces mirthes fleuris, quittés, quittés
vos armes;
Annoncés mes bienfaits par la voix des
plaifirs.

SCENE SECONDE.

BACCHUS, *feul.*

Regne Amour, regne fur la terre !
J'ai foumis l'Univers, tu triomphes de moi:
Le fils du Dieu puiffant qui lance le ton-
nerre
  T'adore & n'implore que toi.

Dans ces paifibles bois, confacrés au
  miftere,
Ai-je vu, Dieu charmant, ta prêtreffe ou
  ta mere ?...
O Ciel ! je la revois... c'eft elle... que
  d'appas !...
  Mais il faut me contraindre encore.
Que tout lui parle ici d'un amant, qui l'a-
  dore,
Et du pouvoir d'un dieu, qu'elle ne con-
  noît pas.

SCENE TROISIEME.

HÉGÉMONE, *feule.*

VOLE de victoire en victoire,
Amour, n'épargne que mon cœur.
Des chaînes des amants, je chante le bon-
heur ;
  Mais je le chante fans le croire.

Ne puis-je à tes autels conferver ma fierté ?
  Tes traits n'ont point bleffé les Grâces.
Tu vois, fans la troubler, leur aimable gaîté,
  Et les Jeux, qui fuivent tes traces,
  Gardent encor leur liberté.

  Vole de victoire en victoire,
  Amour, n'épargne que mon cœur.
Des chaînes des amants, je chante le bon-
heur ;
  Mais je le chante fans le croire.

Quel est donc ce jeune étranger?...
Eh! pourquoi cherchai-je à l'appren-
dre?
D'un desir curieux je saurai me défendre :
Pour un cœur trop sensible, hélas! tout est
danger.

(*On entend un prélude.*)

Dieux! quels sons inconnus!...

SCENE QUATRIEME.

SILENE, INDIENS, ÉGIPANS, SATIRES,
BACCHANTES, HÉGÉMONE.

CHŒUR.

QUE mille chants divers
Eclatent & percent les airs :
Qu'ils troublent le repos du séjour du ton-
nerre.
Échos, éveillés-vous, repetés nos concerts,
Annoncés un Maître à la terre.

SILENE, *à* Hégémone.

Cette troupe, toûjours riante,
Partage les tranſports du dieu qui la con-
duit :
Il ſoupire pour vous, votre beauté l'en-
chante ;
Vous rendés encor plus brillante
La vive gaîté qui le ſuit.

On danſe.

SILENE, *à* Hégémone.

Dans le bel âge
Faites uſage
De jours
Trop courts.
Dans le bel âge ;
Heureux qui s'engage
Avec les Amours.

CHŒUR.

Dans le bel âge, &c.

SILENE.

Dans la vieillesse
Les moments font chers , le tems
prèsse ;
Mais la vie en a plus d'appas.
Qu'une vive gaîté retienne sur vos pas
Les jeux riants de la jeunesse.
Jouissés comme moi : je ne me souviens pas
D'un instant de tristesse.

SILÉNE et le CHŒUR.

Dans le bel âge , &c.

On danse.

SILENE et le CHŒUR.

Charmant délire ,
Douce fureur ,
Non , la raison n'est qu'une erreur ;
Tu ne peux trop-tôt la détruire :
Ton triomphe est notre bonheur.

Charmant délire ,
Douce fureur ,

Un Dieu te reſſent & t'inſpire :
Entraîne , enchante notre cœur.
Enflâme tout ce qui reſpire.

HÉGÉMONE.

Ah ! quels tranſports tumultueux !....
O Ciel ! que deviens-je moi-même ?

On danſe.

HÉGÉMONE.

Arrêtés....

SCENE CINQUIEME.

BACCHUS & *les Acteurs de la Scêne*
précédente.

BACCHUS.

SUSPENDÉS vos jeux.
Allés , que ſes deſirs ſoient votre loi ſu-
prême.

(La Suite de BACCHUS *ſe retire.)*

SCENE SIXIEME.

BACCHUS, HÉGÉMONE.

BACCHUS.

VOus triomphés d'un cœur, libre juf-
      qu'à ce jour :
    Jouiffés de votre victoire.
Je viens, avec tranfport, mettre aux piés de
  l'Amour
    Tout ce que j'ai fait pour la Gloire.

HÉGÉMONE.

J'entends , fans m'allarmer, ce langage
    flateur :
Plus de trouble accompagne une flâme
    fincere.
En demandant des fers , vous parlés en
    vainqueur :
    Vous n'aimés pas ; vous croyés plaire.

BACCHUS.

Ah ! jugés mieux de ma sincérité.

L'instant où vos beaux yeux m'ont forcé de
    me rendre ,
Est le premier instant de ma félicité :
Je vous immolerois encor ma liberté,
    Si mon cœur pouvoit la reprendre.

HÉGÉMONE.

    Les jeux, les ris suivent vos pas :
La gaîté brille-t-elle où regne la tendresse?
Les plus heureux amants, qu'à Tempé,
    l'Amour blesse,
    De leurs fers murmurent tout bas.
Je vois à ses autels leurs pleurs & leur tris-
tesse :
    Qui d'eux, ou de vous, n'aime pas ?

BACCHUS.

Ne peut-on bien aimer sans répandre des
    larmes ?

Mille tendres oiseaux sous ces ombrages
    frais
Chantent tous de l'Amour les faveurs & les
    charmes :
Leurs cœurs s'ouvrent sans crainte, au-de-
    vant de ses armes ,
    La joie y vole avec ses traits.

    Un sort si charmant nous convie
    A n'imiter qu'eux en aimant.
    Eh ! pourquoi se faire un tourment
    Du plus doux plaisir de la vie ?

HÉGÉMONE , *à part.*

Quel charme !... Ah, que mon cœur résiste
    foiblement !
Fuyons..

BACCHUS.

    Que vois-je ! o Ciel ! vous craignés de
    m'entendre.

HÉGÉMONE.

J'en connois le danger , j'aurois dû le pré-
    voir.

BACCHUS.

Fuirés-vous l'amant le plus tendre ?

HÉGÉMONE, *à part.*

Il falloit ne le pas revoir.

BACCHUS.

Ah ! parlés : quel fort dois-je atten-
dre ?
Voulés vous me ravir, hélas ! jufqu'à l'ef-
poir ?

HÉGÉMONE.

Peut-être, je le dois ; .. mais puis-je le vou-
loir ?

De l'Amour je craignois les chaînes,
Je craignois la langueur des plus heureux
foupirs.
Eh ! comment penfer à fes peines ?
Il ne s'offre, avec vous, qu'entouré de
plaifirs.

BACCHUS.

Il redouble ma flâme en comblant mes
defirs.

BACCHUS & HÉGÉMONE.

Que dans le sein des jeux, l'ardeur qui nous
  inspire
    S'enflâme à chaque instant du jour.
    Songés que le plus tendre amour,
    Doit toûjours folatrer & rire.

BACCHUS.

Le bonheur m'attendoit sous votre aimable
  empire.
C'est Bacchus, c'est un dieu qui fixe ici sa
  cour.

Que ces côteaux riants de mes dons s'enri-
  chissent.
Doux Nectar, jus divin, coulés dans ces va-
  lons.
    Que ces campagnes retentissent.
    De mille nouvelles Chansons.

(*Le Théâtre change & représente des côteaux
    enrichis des Dons de Bacchus.*)

SCENE DERNIERE.

SILENE, HÉGÉMONE, BACCHUS;
Suite de BACCHUS, *Habitants de Tempé.*

HÉGÉMONE, & BACCHUS
avec le Chœur.

CHANTÉS } le Dieu de la tendreffe.
Chantons }

Chantés } le Dieu de la gaîté.
Chantons }

Aimons toûjours, rions fans-cèffe;
Jamais de trifteffe,
Plus de liberté.
On danfe.

BACCHUS.

Verfe, Amour, le jus de la treille,
Et que Bacchus lance tes traits :
Au feu dont brillent nos attraits,
Que tout s'enflâme & fe réveille.

Chantés, Amants, chantés cette liqueur
   vermeille,
      En chantant l'objet de vos vœux.
      Au milieu des ris & des jeux
Qu'un buveur ſoit plus tendre, & jamais
   ne ſommeille.

      Verſe, Amour, le jus de la treille,
      Et que Bacchus lance tes traits :
      Au feu dont brillent nos attraits
      Que tout s'enflâme & ſe réveille.

(Cet Acte eſt terminé par un Divertiſſe-
ment général.)

F I N.

LA DANSE,

TROISIEME ENTRÉE

DU BALLET

DES TALENTS LIRIQUES.

C

Les Paroles font de M. * * *.

La Mufique de Rameau.

Les Ballets font de la compofition de MM. Laval,
Pere & Fils, Compofiteurs des Ballets,
de Sa Majefté.

www.ingramcontent.com/pod-product-compliance
Lightning Source LLC
Chambersburg PA
CBHW061525170626
46811CB00004B/1851